KB253862

입술을 건너간 이름

입술을 건너간 이름

문 성 해 시집

차 례

제1부 ___

산수유국에 들다 010

듀공 012

목련보신탕 014

늙은 쌍둥이들 016

'밥을 딴다'라는 말 018

백주대낮에 여자들이 칼을 들고 설치는 이유 020

매화 022

종다리, 종아리 024

별리 025

술도가가 있는 골목 026

먼저 온 신발 028

한 나무를 사랑할 수도 있다 030

피리소리 032

봄꽃들 034

버들치야, 버들치야, 036

첫사랑 038

봄밤의 냄새 040

치자꽃 042

장미전(煎) 044

마른장마 045

첫물 수련 046

모란 해후   048

결이라는 말   050

제2부 ___

각시투구꽃을 생각함   054

하루종일 비   056

독한 눈   057

하얀 저수지   058

어떤 밥상   059

황매실이 있는 풍경   060

아오리   062

역행(逆行)   064

육필 원고   065

공중   066

낯짝   068

향기의 처소   070

여름의 기원   072

배경이 되는 일   074

기다리는 무덤   076

눈사람의 시   078

국화차를 달이며   080

무덤의 그 마음을   081

제3부 ___

일식　084

오동나무집　085

대구　086

뒤통수 연가　088

검색 공화국　090

부채에 대하여　092

당신들이 꽃이에요　094

점심 꽃　095

민들레　096

도장　098

반딧불이　100

죽집　102

은단　104

여자의 적은 여자다　106

일식 2　108

취업일기　110

나도 우주를 들러서 이곳으로 왔다　111

아욱꽃이 피었다　112

국숫집에서　114

파꽃　116

줄 타는 사람　118

풀   119

정읍 김동수씨 작은댁 사랑채 이건기(移建記)   120

방을 닦다   122

관제엽서가 왔네   124

해설 | 여정   125

시인의 말   135

제1부

산수유국에 들다

그곳 서방정토의 삼월에는
꽃 이름을 앞세운 국가들이 나뭇가지마다 열린다네
단 하나의 시조설화도 없이
산수유국 목련국 진달래국 매화국이
가난한 가지마다 봉긋봉긋 솟아오른다네
향기가 없으면 아무도 가까이 가지 않는 나라
향기로운 코 하나로 누구나 백성이 되는 나라
스스로 치장하고 목청 높여 백성들을 부르는 나라
하늘 아래 이보다 더 아름답고 곡진한 국가는 없을 터
그곳 서방정토의 삼월에는
백성을 호객하며 핵폭발로 태어나는 국가들이 있다네
거창한 국민헌장도 영토도 없는 나라
일체의 세금도 의무도 지우지 않는 나라
알 수 없는 곳에서 아기가 오듯 흥성스러운 날에
코에 담뿍 꽃분을 묻힌 백성들의 붕붕거리는 한때*가 지
나면
알 수 없는 곳으로 늙은이가 져내리듯
캄캄하게 져버리는 나라들이 있다네

그건 한순간의 일이라서
단 한명의 열혈 백성도 따라갈 수 없다네

* 장석주의 시 「붕붕거리는 추억의 한때」에서 인용함.

듀공

이불 속에서
당신과 나의 멸종을 생각하는 아침
먼먼 이국의 바다에서
그 덩치가 산만하고 소리가 귀신을 부른다는
듀공의 울음을 생각하는 아침
그이들이 침략자의 칼과 총이나
지구온난화에 따른 슬픈 멸종이 아니라

간밤
검은 소나기떼를 따라
칠흑빛 모란을 따라
구름을 따라
꽃향기를 따라

그 덩치가 코끼리 같고 소리가 사자 같다는 듀공이
흠흠거리며 따라갔다면
깃털보다 가볍게 흘러갔다면
그건

아름다운 일이라고

그런 멸종이라면
나도 이 무거운 종을 벗어버리고
낙인 같은 발자국을 거두고

하늬바람을 따라
산 그림자를 따라
부슬비를 따라

목련보신탕

파주시 광탄면을 지날 때면
유독 눈에 띄는 간판
목련보신탕

왜 하필 목련보신탕인가
지도에는 없는 목련이라는 지명이 있다던가
목련이 한창일 때 그 보신탕집이 들어섰다던가
그맘때 도살된 개들 눈에는 하얗게 목련이 질려 있어
고기 살이 꽃잎처럼 부드럽다던가
그 집 평상에선 좋든 싫든 목련을 바라보며 음식을 들게
된다던가
그때 꼭 한둘은 목련에 얽힌 추억담을 이야기하게 된다
던가
급기야 뼈다귀 쌓이는 것도 꽃잎으로 보이면
당신은 빼도 박도 못하는 목련교도가 된다던가

그 흔한 네온 빛 하나 담지 못한
하얀 바탕 검은 글씨의

목련보신탕
꽃 이름 후광을 입어
매캐한 누린내가 없어지는 그 이름
목련보신탕

늙은 쌍둥이들

신호등 앞에 서 있는
늙은 쌍둥이들

조금 더 크지도
조금 더 작지도 않은 늙은 쌍둥이들

이 바람은
어제와 다른 바람이고
이 태양은
어제와 다른 태양인데
아기로부터 아기를 떼어가는 세월 속에서

오, 놀라워라
아직까지도 일란성인
늙은 쌍둥이들

바람도 태양도 떼어가지 못한
늙은 쌍둥이들

클랙슨 소리 빵빵대는
급류 속을
비틀비틀
냉동 고등어 한손으로 흘러가는

'밥을 딴다'라는 말
연밥

물속에서 군불로 밥을 짓던 어머니가
한 그릇 두 그릇 허공에 밥을 올리신다
커다랗고 붉은 손바닥이 감싸올린 저 밥을
태초에 따던 하얀 손이여

태초에 벌판에서 벼이삭을 따던
여인네들 입속에 따뜻하게 고인 말도
이 '밥을 딴다'라는 말,

까치가 고욤을 따듯
다람쥐가 도토리를 따듯
이 말은 밥이 밥에 더 가까워지는 말
털 숭숭 난 사람들의 입에서 입을 타고 온 말

태초에 붉은 벌판에서 이삭을 감싼 따순 손바닥 두개여
혓바닥을 앞니에 씹듯이 떼어내며
'딴다'라는 말을 입속에 버무리던 이여
그는 일찍이 말을 지을 줄 아는 시인이 아니었을까

붉은 연꽃이 연밥을 허공에 싸안아 올리는 심정으로
　태초에 밥 지은 솥을 머리에 이고 들판으로 들어가던 아
낙이여
　그이는 오소리보다 곰보다 큰 이의 어미가 되었거나
　말을 짓는 시인의 어미가 되었을 것이다

　연밥이 죄다 마이크 모양 솟아서 굽어져 있다
　인근 마을에서
　밥을 짓는 대신 밥을 따는 처자들이
　굵은 모가지로 노래를 흥얼거리며 온다

백주대낮에 여자들이 칼을 들고 설치는 이유

이 시절에는요
여자들이
시렁 위에 얹힌 작지만 앙칼진 칼 하나씩 손에 들고 나오는데요
여자들이 칼을 들고 설쳐도 암말 못하는 건
지천에 내걸린 풋것들을 오살지게 베어다
서방과 새끼들을 거두기 때문인데요
이 시절에는요
세상 모든 여자들은 코밑이 거뭇해지고
팔뚝 속에 알이 차올라서는
지천에 돋는 풋것들이 아까워라, 아까워라
저도 모르게 들판과 한판 엉겨붙게 되는데요
난생처음 억세디억센 수컷이 되는데요
가끔씩 그 독한 칼날에
논배미가 잘리고 칡뿌리가 잘리고 수맥이 잘리기도 하는데요
이 시절 여자들은요
푸줏간 안주인이 내걸린 고기들을 슥슥 잘라가듯

이 나무 이 바람 이 구름을
홀홀 베어 망태기에 담아서는
종다리처럼 지저귀며 언덕을 넘어가는데요
하늘도 암말 못한다는데요

매화

며칠 전부터
들여다보며 어르고 어르던 매화꽃이 오늘 딱 한 송이 피
었다

매화나무 아래
누가 풍로를 돌리는가

튀밥을 튀기는 일 말고는
다른 일은 하나도 돌보지 않는 이가
제 살붙이에게는 염장을 질러도 모질게 지르던 이가
묵은쌀 강냉이 쥐눈이콩 보리면 보리 그에 딱 맞게
튀겨질 때를 그리도 잘 맞춰 괘종시계라 불리던 이가
매화나무 아래
풍로를 돌리고 있다

그에게는 붓만 들려주면 그림을 잘 그리던 딸이 있었다
대통같이 비쩍 마른 딸이 있었다
돌아가는 풍로 옆에 앉아 떨어진 튀밥을 주워 먹던 날들

튀밥이 튀겨지는 시간만큼이나
매화는 느리다
매화 알갱이들이 따닥따닥 뒤집어지기 직전이다

종다리, 종아리

산수유 개나리꽃 지천인 언덕에 여학생들이 몰려다닙
니다
디카며 핸드폰으로 얼굴들을 찍느라 야단들인데
교복 치마 아래가 맨종아리입니다

산수유 개나리꽃 가지들도 탱탱한 맨종아리입니다
붉은 종아리들이 몰려다니기 좋은 계절입니다

애기님들이여
얼굴이 꽃인 시절은 곧 지난답니다

울긋불긋한 얼굴들 말고
꽃을 매달아도 좋을 맨종아리로 노닐다 가세요
꼬집으면 종다리 소리를 내는

별리

연꽃 떠난 연잎 위를 검은 물닭이 건너가네
잠길 듯 경중경중 뛰어가네
한 발이 빠지기 전에 나머지 발을 재바르게 올려놓네

연꽃이 건너간 품새도 그와 같아
어제 내 눈을 어질러놓던 연꽃들이
오늘은 검은 물닭처럼 다 건너가버렸네

꽃잎이 어둠에 잠기는 찰나를
숨어서 지켜본 이가 있었던가
혼자 오래된 추억으로 가슴을 치던 이가 있었던가
목단밭 속에 붉은 발자국이 움푹움푹 패어 있네

그도 나도 연꽃으로
검은 물닭으로 살고 싶었으나
으스름처럼 너무 느리고 길게 걸어왔네
살찐 목단꽃 속에 숨어 흐느끼는 저녁이네

술도가가 있는 골목

산사춘 복분자 오가피주 백세주 매실주는 물론이거니와
막걸리 한 병을 마시다가도 그 병을 들어 만든 곳을 확인
하는 일
그때마다 나는 경상북도 문경의
어느 오래된 술도가 골목을 더듬더듬 헤매지도 않고 흘
러들어가게 된다
산사나무 열매나 복분자 오가피 냄새와
시큼덜큰한 막걸리 냄새가 흘러나오는 그 골목을 찾아
들면
누런 냄새 위에 쓰러져 누운 술꾼이 있고
술지게미를 얻어먹고 비틀거리는 개가 있고
빼끔 열린 솟을대문 안에는 조금쯤 요망한 자세로 누워
깔깔거리는 여자들이 있다
어느새 나는 노란 한되들이 술 주전자를 들고
한모금 두모금 마시며 가는 간 큰 애가 되어
미나리꽝이나 앞산이나 저수지가 타박타박
내 눈 속을 아프지도 않게 걸어들어오는 것을 보며
하늘과 땅과 마을과 들판 중에서도 내가 참 크다 하고

돌아앉은 뒷산도 그때만큼은 내 편이란 생각을 하며
이런 술도가가 있는 우리 마을을 내가 참 사랑한다는 생
각을 하는 것이다
옆집 새댁이 내는 스란치마 소리처럼
조금쯤 은밀하고
조금쯤 세상에서 붕 떠나 있는
그 술도가 골목을 어린 나는 어미의 품처럼 파고들었으니
지금도 술을 받아놓고 술병을 들고 소재지를 확인하는
나는
술 한잔 마시지 않고도
어느새 그 많은 술도가를 다 편람한 듯 마음이 화끈해지고
그 골목에서 술꾼들의 오줌을 다 받아먹고 사는 맨드라
미 모양
너도 나도 이해할 수 있는 수굿한 고개가 되곤 한다

먼저 온 신발

신발장에 다섯살배기 신발들이 가득하다
아이 발이 크면 신기려고 이웃이나 친척에게 얻어온 것
들이다

아이 발은 예나 지금이나 손바닥만한데
아이보다 미리 건너온 신발이여

누가 강물에 그것을 조각배처럼 하나씩 흘려보냈을까
이 앙증맞은 집의 거죽을 조금씩 조금씩 늘리며
커갔을 작고 붉은 발들이여

크나큰 밤낮과
휘몰아치는 눈비와 바람을 담고
지금은 고요히 출항이 정지된 조각배들을 보고 있으면
한낮이 참 잔잔한 강물 같다

이 고요한 조각배들을 펄떡이는 가물치로 만들어줄
우리 아이 발을 기다리는 일은

조금씩 보름달에 살이 차오르는 것을 다만 지켜보는 것
과 같다

한 나무를 사랑할 수도 있다

달밤에 공원을 도니 아름다운 자태의 나무들이 나를 빙
빙 돈다
나무들이 발가락을 움직여 제가 신던 거친 신발을 내게
벗어주러 온다
내 발에 수천 갈래 뿌리의 길이 생겨나니
홀리듯 달빛을 뚝뚝 듣고 섰는 달이여
내 아비는 원래 거친 너도밤나무였다고
한 여인과 접붙어 내가 태어난 거라고
내 여태 사람인 줄 알았다만
오늘 밤 홀린 듯 나무가 되고 보니
세상은 흘러가는 것투성이로구나
일별도 없이 바람이 흘러가고
아랫도리도 없이 흘러가는 안개여
아비도 어미도 강물처럼 흘러 노래가 된 지 오래,
그날 밤 이후
나는 거리를 걷다가도 덜컥 한그루의 나무가 되어
허공을 살피는 일이 잦았다
큰 나무를 보면 그 나무에게로 가서 자꾸만 뜨거워진 아

랫도리를 비비고 싶어졌다
    마침내 어미를 닮아 한 나무를 사랑한다면
    하얀 자작나무가 될 거라고
    그 나무처럼 살이 하얀 사내아이 하나 내게서 자라나왔
으면,
    바람과 빗소리에 내 머리카락이 무성해져갔다

피리소리

저녁에 아이 둘이 피리를 분다
여름은 처서에 밀려 제 음계를 못 찾고
오후는 또 저녁에 밀려 제 음계를 놓친다
열살짜리는 막 굵어진 손가락으로
제 계단을 확실히 디디며 가고
일곱살짜리는 아직 여린 손가락으로
비뚤비뚤 언니 뒤를 따라간다
여덟개의 구멍이 열렸다 닫히는 사이
애야, 여기는 바람이 불지 않는구나
이건 누가 내는 바람소리냐
무덤 속에서 후끈한 소식이 온다
나는 어느 계단에선가 피리 부는 법을 내려놓고
어느 길에선 탑돌이도 내려놓고
이 긴 저녁을
이 긴 세월을
절절 끓는 목소리로 맞고 섰는데
한 숨 한 숨 뜨거운 숨을
서늘한 음색으로 바꾸는 아이들이여

이젠 너희 화를 너희 목소리를 참고 참아서
다른 소리로 변주해낼 줄 아는구나
내가 모르는 어딘가를 다녀와서
아이들이 이제는 흥얼흥얼 콧노래 속으로 들어선다

봄꽃들

진달래나 홍매화나 박태기 같은 꽃들
마술사가 피워낸 조화인 양 자꾸 손이 가게 된다
분명 가지는 어제 보던 회초리로 쓰기에도 뭣한 가지인데
탱탱해진 젖꼭지나
잔뜩 충혈된 목젖 같은 꽃들이
잎사귀도 하나 없이 직설법으로 매달려 있다

삼십년 전 내가 살던 동네에도 꼭 그런 꽃들이 있었으니
그 꽃들만 폈다 하면
엄마들은 자식들 건사하느라 바빴으니
학교도 중퇴하고
몇명씩 우글우글 몰려다니는 되바라진 것들이
그애들 들락거리던 만화가게나 분식점은 화사한 욕설로
넘쳐났으니

눈 깜짝할 새
구겨진 치마도 매만지지 않고 골목에서 사라지던
말만한 그 꽃들처럼

나도 한때는
침을 찍 뱉으며 내가 좋아하던 이층집 그 아이에게
불쑥 꽃을 피우고픈 나이가 있었으니

버들치야, 버들치야,

물결에 자주 이마가 씻기는
징검돌을 바라보다가
내가 바위에 목을 기대고 잠들 때
버들치도 수초에 몸을 기대고 자는가
내가 바람소리에 잠이 깰 때
버들치도 소소한 물결소리에 잠이 깨는가
내 이마는 오늘 서늘하니 버들치의 이마가 되고
내 입술은 오늘 뾰족하니 서러운 버들치의 입이 되어
구불구불한 이 물길 거슬러 올라가면
만난다는 맑고 서늘한 샘 하나를 기다리니
그 물 한 대야 받아
내 붉은 심장을 꺼내 담가놓고 싶나니
맑은 지느러미 한 쌍으로 내 귀를 덮어주고
날렵한 아가미 하나 내 몸 어딘가에 따주고
버들치야, 버들치야,
너는 앞서거니
나는 뒤서거니
내 숨소리는

오늘 버들치의 투명한 물결이 되어

첫사랑

마당에서 비눗물 장난을 하고 있었다
그애의 통통 분 손이 자꾸만 미끄러졌다
점심 전이었고
삼촌 방에선 정오를 알리는 라디오 소리가 흘러나오고
담장 밖 돼지우리에선 산달을 앞둔 커다란 몸이 뒤척이
는 소리
아무래도 흘러나오는 것이 유독 많았던 그날
내 몸에선 비릿한 초경과 함께 울음이 흘러나왔고
학교에서 나를 데리고 온 그애 곁에서 문득 외롭다거나
슬프다거나 하고 있었고
이북 방송을 다시 듣기 시작한 삼촌이
먼 길 가는 기러기 행렬을 바라보며 한숨을 흘렸다
안방에서 자고 있는 막냇동생처럼 조용했지만
내 안의 피가 몽땅 흘러나가고 남모를 피로 조용히 바꾸
어진 그날 저녁
나는 기르던 토끼를
태연히 식구들과 둘러앉아 먹을 수가 있게 되었고
천천히 아주 천천히 핏빛 노을이 떠내려가는 수챗구멍을

들여다볼 수 있게 되었다
  아무래도 그날부터였을 거다
  내 몸이 둥실둥실 보름달처럼 부풀기 시작한 것은

봄밤의 냄새

꼭 십구세만 말고
늙음이 만개할 때도 꽃이라 치자
꽃이 활짝 피었다고밖에 말할 수 없는
민경이 할머니 얼굴을 마주하면
묵은 향기에 내 옅은 졸음이 다 흔들리지

꽃받침이 꽃을 모시듯
차곡차곡 접혀진 목 위에서
주름진 얼굴이 송이째 웃을 때는
꽃송이가 쿵, 떨어질라
나도 모르게 손을 내밀어야 하지

어스름이 처마로 슬슬 내려앉는 시각
목련꽃들이 쉬 꽃잎을 접지 못하는 것과
마루에서 가갸거겨 한글공부 하던 민경이 할머니가
간혹 한숨을 쉬는 이유는 똑같은데

꽃이 꽃을 불러낸 듯

마당으로 내려선 민경이 할머니가
공중의 목련꽃들과 향기를 섞는
시큼덜큰한 봄밤이네

치자꽃

재작년 일산 오일장에서 치자꽃을 난생처음 보았더라,
마침 장 구경 나온 여자 둘을 보고
장사꾼은 처첩 간 아니냐고 수작을 걸고
처에 해당하는 여자도 첩에 해당하는 여자도 싫지 않은
듯 호호거리는데
때마침 나온 치자꽃 두어 송이만 하얗게 얼굴 붉히더라

한 나무에 매달려 있던 그 꽃들
바람에 흔들리며 시시덕거리며 서로 너나들이하며
얼굴도 비비며 암수한몸인 양 앉아 있더라

앙숙지간인 처첩 간도 세월 지나면 한편이 된다던가
그네들이 갔다가 오는 곳을 모르는 세상의 허구많은 꽃
나무들이여
잇몸이 내려앉은 서방처럼 홀로 추억만 되새김질할 뿐인,

올해 다시 그곳에 가보니
예전의 그 농 걸던 장사꾼과 여자들은 보이지 않고

그때의 치자꽃만 두어 송이 또 걸어나왔더라
장 구경 나와 서로 맛난 것 챙겨주던 여자들 모양
눈부신 햇살을 서로 먹여주고 있더라

장미전(煎)

시들어가는 장미들 사이에서
웬 김치전 냄새가 물씬 난다

그런 붉고 시큼한 기억이 내게도 있으니
우리 동네에서 가장 오래된 그 집
붉은 슷을대문을 밀고 들어가면
오동나무 평상이 있고 평상을 건너
청상으로 늙은 여자가 밖을 내다보는 안방이 있고
뒤란에는 붉고 시큼털털한 전을
볼이 미어지게 밀어넣는 아이들이 있고
장미가 시들어가는 마당에는 오늘 안으로
묵은 것을 다 내와서 부치고 앉은 펑퍼짐한 여자들이 있다

그네들이 다 내게는 할매와 엄마와 이모라 불리는 여자
들이었으니
그 붉은 장미 속살 같은 지짐이들의 중첩
내 그것 한장 얻어 맡고 밤새 신트림을 해대었으니

마른장마

장마는 장마지요 내 눈 속에만 비가 억수로 퍼붓는 장마
지요 하나도 젖지 않은 구름이고 하나도 젖지 않은 담장이
고 백일홍이고 개털이고 한낮이고 내 사랑이지요 당신에게
로 흘러가지 못한 내 마음은 흠뻑 젖었지요 먹구름이 둘러
싸인 마음이지요 누르면 튿어지는 마음이지요 장마는 장마
지요 옷장을 구길 만큼 단번에 휩쓸려오는 습기지요 예언
이지요 오래 대고 있으면 종이에 구멍이 뚫리는 무서운 혓
바닥이지요 닥종이를 덧댄 문 안에서 오늘도 당신은 문고
리를 붙잡고 울어요 오늘도 나는 가슴속에 천 톤의 배를 밀
고 가요

첫물 수련

수련이 언제 이리 피었나
흙탕물 논물 위에 첫 수련이 돋았구나

오늘 아침 세수도 못하고 짓무른 눈가 비비며 보는데
누가 지어주나 이름도 기다리지 않고
수련이 작년의 이름으로 내 곁에 왔네

첫 수련의 주둥이가
막막한 수면을 뚫고 나오는 그 힘으로

드넓은 고추밭에 첫 고추가 매달리고
아이 몸에 첫 두드러기가 돋고
마른하늘에선 첫 빗방울이 떨어지는 것이야

그다음엔
후둑후둑 일제히 돋아나면 되는 것
터져나오면 되는 것

그 힘으로
희부윰한 새벽을 찢으며
첫 기러기떼가 날아오르는 것이야

모란 해후

모란이 핀 것을 네해 만에 본다
모란은 몰래 옛 애인 창문 앞을 서성거리다 가는
모가지가 수굿한 여자 같아서
인기척에 벌컥 열어젖히는 창문보다 먼저 떨어진다

모란은 화가 많아서
제 화를 다스릴 줄 모르는 여자의
아궁이 앞에 발갛게 비치는 볼살 같아서
연기가 채 삭기도 전에 치마끈을 올리고 사라지고 만다

모란을 한장 한장 벗기면
연기 한 토막을 들고 섰는 듯
몰려오는 낭패감이여

모란이 피어나는 것을
한번도 본 적이 없다

모란은

연못 앞에 벗어놓은 붉은 신발 같아서
가슴에 인주를 문지르는 손바닥 같아서

모란을 보고 나면
눈 깜짝할 새 네해가 또 가버릴 것 같아서
눈에 넣어도 아프지 않은 딸인 양
이리도 안쓰럽게 반가워지는 것이다

결이라는 말

결이라는 말은
살짝 묻어 있다는 말
덧칠되어 있다는 말

살결 밤결 물결은
살이 밤이 물이
살짝 곁을 내주었단 말
와서 앉았다 가도 된단 말

그리하여 나는
살에도 밤에도 물에도 스밀 수 있단 말
쭈뼛거리는 내게 방석을 내주는 말

결을 가진 말들은
고여 있기보단
어딘가로 흐르는 중이고

씨앗을 심어도 될 만큼

그 말 속에
진종일
물기를 머금는 말

바람결 잠결 꿈결이
모두모두 그러한 말

제2부

각시투구꽃을 생각함

시 한 줄 쓰려고
저녁을 일찍 먹고 설거지를 하고
설치는 아이들을 닦달하여 잠자리로 보내고
시 한 줄 쓰려고
아파트 베란다에 붙어 우는 늦여름 매미와
찌르레기 소리를 멀리 쫓아내버리고
시 한 줄 쓰려고
먼 남녘의 고향집 전화도 대충 끊고
그곳 일가붙이의 참담한 소식도 떨궈내고
시 한 줄 쓰려고
바닥을 치는 통장 잔고와
세금 독촉장들도 머리에서 짐짓 물리치고
시 한 줄 쓰려고
오늘 아침 문득 생각난 각시투구꽃 모양이
새초롬하고 정갈한 각시 같다는 것과
맹독성인 이 꽃을 진통제로 사용했다는 보고서를 떠올
리고
시 한 줄 쓰려고

난데없이 우리집 창으로 뛰쳐들어온 섬서구메뚜기 한마
리가
어쩌면 시가 될까 구차한 생각을 하다가
그 틈을 타서 쳐들어온
윗집의 뽕짝 노래를 저주하다가
또 뛰쳐올라간 나를 그 집 노부부가 있는 대로 저주할 것
이란 생각을 하다가
어느 먼 산 중턱에서 홀로 흔들리고 있을
각시투구꽃의 밤을 생각한다
그 수많은 곡절과 무서움과 고요함을 차곡차곡 재우고
또 재워
기어코 한 방울의 맹독을 완성하고 있을

하루종일 비

머리 검은 짐승의 머리숱처럼 빽빽한 비가 하루종일 내
린다
휘장을 친 컴컴한 낮 속을 나는 얼굴이 뾰족한 원숭이처
럼 쏘다녔다
어떤 동네에서 노인들은 처마보다 낮게 엎드려
버러지 소리가 나는 라디오를 듣고 있었고
아이들은 성게처럼 열이 뻗쳐 괜히 악을 써댔다
몸만 나이가 든 여자들이 색색의 우산을 받쳐들고 쏟아
져나오는데
한 사람이 여러 사람으로 둔갑한 것처럼 보였다
마을회관에서 흘러나오는 전 부치는 냄새를 따라
저수지에서 죽은 사람들이 맨발로 돌아오고 있었다
건 입을 닫고 식은 죽처럼 마음이 고요해진 나도
오늘은 없는 사람
내 안에 들어온 비가 내 비밀을 속속들이 다 읽고 나간다

독한 눈

젊은 여자와 커다란 개 한마리가
수련 앞에 앉아 있다

맹인안내견은 세상에서 가장 순한 개
여자에게 수련의 자태를
수련의 언어로 짖어주고 싶지만
그저 등줄기가 구릉처럼 순하게 굽어 있다

올해도 때맞춰
하양 노랑 연분홍 같은
순한 빛이 못물 위로 번지는데

여자여, 무슨 독을 보았는가
지천에 널린 꽃빛과 초록 들이
흘러들어가지 못하게 독한 눈을 가졌구나

개가 여자의 푹 꺼진 눈두덩을
분홍빛 혀로 척척 핥는 소리
여름이 또 한 꺼풀 얇아지고 있다

하얀 저수지

저수지가 얼고 그 위로 눈이 왔다
맨얼음 위로는 감히 올라가지 않더니
땅과 물의 경계가 없어지자
사람들이 겁도 없이 그 위로 걸어들어간다

얼음판 가운데 서 있으니
내가 오래전에 이 저수지에 빠져 죽은 사람 같다
내 발밑으로 사람을 뜯어 먹고 산다는 잉어 한마리 지나
가는가
머리카락이 키를 넘기게 자란 그 여자가 지나가는가

클클거리는 얼음판 밑이
지금은 아우성이고 폭풍 속 같은 데고
얼음판 위는 물속처럼 적막하다

퍼런 물살 한 조각 신발에 묻히고 걸어나오면
잉여된 목숨을 사는 듯 피가 훈훈히 데워지고
신발코를 하얗게 밝힌 채 사람들이 집으로 집으로 돌아
가고 있다

어떤 밥상

막걸리를 받아놓고 냉장고에서 이것저것 꺼내놓고 보니
돼지고기 주물럭과 물미역과 배추쌈이 나온다
육해공(陸海空)이 다 모였네
너스레를 떨다 생각하니 가만,
공(空)에 속한 먹거리들은 차린 기억이 없다

어느날 내가 발도 없이 가벼워지고 나면
눈 코 입이 뭉개진 이들과 두레 밥상에 앉아
한껏 부풀려도 먹고 손으로도 꾹꾹 눌러서 먹는
구름에 속한 것들이여

그때는 먹어도 먹어도 심심한 허공의 밥상에서
목에 컥컥 걸리고 씹는 소리 가득 찬
이 거친 밥상을 또 그리워할 것인가

황매실이 있는 풍경

유월도 다 지난 오일장에
할마시 하나
누렇게 곪은 황매실을 펼쳐놓고 앉았네

담장이 흔들리게
대문을 닫으며
휑하니 가는 것만
가는 게 아니라서

맵차게 시고도 탱탱한 청매실의 시절은 갔다고 하네

누가 가고
누가 오는 기척도 없이

한 매실에
청매실이 가고
황매실이 와서는

한 몸에
젊은이가 가고
늙은이가 와서는

이 곧고 푸른 계절의 한복판
이 난장과 흥정의 한복판에
누렇게 뼈에서 살이 다 들뜨고 있다

아오리

시퍼런 아오리를 베어 물며
아오리가 얼마 머물지 않음을 서러워하네

앵두 살구 자두라 하는
터지기 쉬운
머뭇대다 보면 입속을
건너가버리는 이름이여
올해도 풀들의 모가지가 수굿해지길 기다려
개 짖는 소리에도 소소히 흔들리며
찾아왔구나

지구 밖으로
우주 속으로 떠밀려난 것들도 있으니
국광이니 홍옥이니 하는
이제는 별이 되어가는 이름들
내가 그 맛을 추억할 때
그 별에서도 깜빡 점등이 되었다간 이내 꺼지고
내 이빨 사이에서도 희미한 신 침이 고이네

아무도 접붙이지 못하는 이름들이
하루에도 수백개씩 태어나는 하늘 아래
그래도 아! 오리(五里)만 가서는
다시 되돌아오는
아오리가 사는 곳은 저기 저 달만큼 한 거리 아니겠어?

역행(逆行)

춘분 지나자
브이 자 행렬이 선명하게 날아간다

땅의 일들은
어느새 술술 풀어지고
느슨해지는 기미인데

저 위는 아직 살얼음판이구나
아직 치기 어린 결사대를 모으고 있구나

흐물흐물한 봄기운에
날갯죽지가 녹아내리기 전에
입안에 담아둔 얼음의 언어가 사라지기 전에

어서어서 꼿꼿한 자태를
혹한의 나목들에게 마저 배우러 가야 한다고
늦었다 늦었다며
바삐바삐 몸의 접경지대를 넘어간다

육필 원고

시인 L에게

그저께는 잡지사에서 보내달라는 육필 원고를
주머니에 꽂고 다니다 잃어버렸지요
남의 가게 쓰레기통을 뒤지고
낙엽들 사이를 헤집던 그날 밤
백지를 잘게 찢듯 눈이 내렸어요
눈을 안경에 맞고 숨결에 섞고 보니
그날 나는 시를 잃어버린 게 아니라
시가 내게서 나간 것임을 알았어요
내가 하얀 종이 위에 지문을 묻히며 쓴 것들이
어느 음식점 밑에서 구정물에 젖다가
비루먹은 개나 쥐새끼 코끝을 간질이다가
퉁퉁 붇다가
조용히 퍼지다가 마침내 찢어지니
나는 시를 잡지사가 아닌 공중으로 돌려보낸 거라는 거
그날 밤 까칠한 내 얼굴 위로
자꾸만 신발을 벗어놓던 그 눈발도
해진 주머니를 빠져나온
누군가의 졸시였단 생각을 자꾸만 하게 되는 거였어요

공중

꼬리 없는 개의 꼬리 있던 자리
한쪽 다리 없는 사내의 다리 있던 자리
오늘 아침 해머로 쓰러진 건물의 자리

꽃이 지고 난 자리
저수지의 물 마른 자리로
차곡차곡 차들어오는 것이 있으니

물결처럼 소슬히 밀려들어오는 이것을
나는 공중이라 부르니

공중은 사라지지 않는 것
밀가루풀처럼 빽빽히 찬 것

그러한 힘으로
저 가련한 이들의
꼬리며 팔이며 다리 있던 자리에

빼곡히 그것이 돋아올랐으리라
나는 믿고 또 믿는다

낯짝

앞서가던 개 한마리 홀연 뒤돌아볼 때
팽팽하게 당겨진 쇠줄이
목 조르는 줄 모르고 뒤돌아볼 때
그렇지, 개에게도 낯이란 게 있었지

뒤돌아보는 개의 눈빛과 우연히 마주칠 때
아니,
저 개가,
내게 꼭 눈을 흘긴 것만 같고
내게 꼭 윙크한 것만 같고

무슨 사람같이
무슨 개같이
자꾸만 횟횟거리는 저녁

이것도
낮술 담은 몸 때문이라고
개 코를 반질거리게 하는 봄 때문이라고

그래도
저 개가,
저 개가,

향기의 처소

장미 향기를 맡으면
그 속에 들어가 살고 싶어지네

향기는 분명
들판과 허공과 구름의 사촌
노래나 열꽃, 바람의 팔촌 같은 것인데

장미 향기는 내게 처소를 마련하여주네
꽃술 속에
벽을 쌓고 구들장을 들이고 천장을 올려주네

얼마나 허약한가
해머로 두드리면 쓰러지는
세상의 하고많은 처소란,

얼마나 견고한가
시들지 않으면 쓰러지지 않는
향기의 처소란,

번지도 주소도 없는 이곳을
해마다 붕붕거리며 찾아오는 이들이 있네

여름의 기원

누가 이 저녁에 비눗방울을 불 때처럼 잠자리떼를 날려
보내고 있나
그의 센 머리카락 사이로부터 초록의 바람이 새어나오고
그의 가장 깊은 호흡에서부터 수채물감처럼
연보라 연하늘 연분홍 이런 빛깔들이 흘러나오고
그러나 아무도 그 흘러나온 데를 되짚어갈 수 없게
발꿈치가 연하게 허물어져가는 누가 있어
태양의 기력이 쇠한 이 저녁
비눗방울을 불 때처럼 잠자리떼를 날려보내고 있나
끝이 없는 끈이 날리듯 연한 바람이 불고
그 바람을 계단처럼 밟고 서서 누가 우수수 목숨들을 흩
어놓고 있나
무겁고 찰진 이 땅으로
잠자리 하루살이 애기똥풀 같은 거품 같고 물풍선 같은
것들을 흘려보내고 있나
데리고 와서는 뒤는 돌봐주지도 않고 그냥 떠 있다 사라
지게 하는가
온몸 다 써보지도 못하고 오로지 어깨근육만으로 떠 있

는 그들에게
　누가 하늘이라 부르고 있는가
　목숨이 목숨 같지 않은 이들이 가장 가볍고 명랑한 무게
로 떠다니는 이 저녁
　나도 하늘거리는 얼굴 들고 누가 이 허공에 떠다니게 하
는가
　저 앞에 흔들리며 오는 목숨들 향해 누가 미소 짓게 하
는가
　비눗방울을 불 때처럼 누가 내 목에 숨을 불어넣고 있는가
　누가 내 목구멍 속으로 묽은 잠자리떼를 불어 보내고 있
는가
　엷은 장이 끓는 이 저녁에

배경이 되는 일

사진을 찍는 남녀의 뒤로 가다가
찰칵, 내 뒷모습이 찍혔네

순간 알았네
저이들 뒤에 선 회나무나
능소화처럼
나도
배경이 되었음을

배경은
나를 최대한 평평히 말아넣는 일
나를 희미하게 탈색하는 일
저이들이 인화된 사진을 보며
나를 알아채지 못하게

나는 바위처럼 납작하게
나는 나무처럼 건들거리며
나는 구름처럼 둥싯거리며

나는 가장 나중에야 들통 나는 사람

그러나
언젠가 너로부터
배경이 되었던 날처럼
너무 갑작스럽지는 않게
너무 쓸쓸하지는 않게

저이들이 나와 홰나무와 능소화를 홀홀 접어서
손바닥만한 디카 주머니에 넣고
깨꽃처럼 웃으며 사라진다

기다리는 무덤

무덤 곁에
또 무덤 자리 있었지요
누군가 미리 봐놓은
빈 무덤 자리 있었지요

무덤 곁을 돌며
죽어 홀아비가 된 사람을 생각합니다

덩그렇게 큰 밥상 앞에서
홀로 닳은 수저를 들며
언제고 돌아갈 고향처럼
이 무덤을 떠올릴 누군가도 생각합니다

죽은 자가 산 자를 기다리는 무덤이었지요
긴 인중처럼 길어지던 무덤이었지요

이 속에서라면
갈비뼈 사이 파고드는 풀뿌리들도

아무렇지 않을 것 같았지요

당신이 미리 데워놓은
이 속에서라면

눈사람의 시

눈사람이 홀로 밤을 맞고 있다
저런 눈사람으로 골목에 나앉아 있어본 적 있는가

세상의 집이란 집은
모두 제 가족을 끌어안고
도무지 모르는 빛으로 동그랗게 불 밝히고
내겐 더이상 젖은 몸을 누일 집이 없고
더운 숨을 섞을 가족이 없고
이 골목과
이 밤과
이 둥그스름한 슬픔만 남아

골똘히 들여다본 적 있는가
봐도 봐도 희디흰 몸속 같은 세상
흰 생쥐들이 한마리 두마리
몸속에서 기어나와
나머지 몸들에게 말을 거는

이 순간을
이 슬픔을
미천이라고 해야 하나
고결이라고 해야 하나

눈발 하나하나가
더운 살로 덮이는
이 순간을
성숙이라고 해야 하나
장엄이라고 해야 하나

국화차를 달이며

국화 우러난 물을 마시고
나는 비로소 사람이 된다
나는 앞으로도 도저히 이런 맛과 향기의
꽃처럼은 아니 될 것 같고
또 동구 밖 젖어드는 어둠 향해
저리 컴컴히 짖는 개도 아니 될 것 같고

나는 그저
꽃잎이 물에 불어서 우러난
해를 마시고
새를 마시고
나비를 모시는 사람이니

긴 장마 속에
국화가 흘리는 빗물을 다 받아 모시는 땅처럼
저녁 기도를 위해 가는 향을 피우는 사제처럼
텅텅 울리는 긴 복도처럼
고요하고도 깊은 가슴이니

무덤의 그 마음을

무덤이 제 앞에 가솔들마냥

비석과 어린 소나무들을 거느리는 그 마음을 내 알겠어요

무덤이 삐죽삐죽 솟은 쑥대머리 위로

민들레나 명아주 풀을 키우는 그 마음을 내 알겠어요

무덤이 달빛 설레는 밤이면

그림자 일렁이는 그 마음을 내 알겠어요

무덤이 승냥이 길게 우는 소리에

흙구멍들을 옴찔옴찔하는 그 마음을 내 알겠어요

무덤이 긴 세월 동안

조금씩 조금씩 마을로 흘러내리는 그 마음을 내 알겠어요

제3부

일식

오늘 나는
썩은 사과를 먹는 사람

사과 속에 깃든
벌레의 하늘과 땅과
벌레의 과거와 미래를 먹는 사람
벌레의 낮과 밤과
벌레가 피해 다닌 무서운 길들을 먹는 사람
벌레가 그토록 아끼던 희디흰 도화지를 더럽히는 사람
벌레를 파내고
벌레만 제외된 모든 세계를 먹는 사람

사과 한알의 별이 우주 속에서 폭발한 오늘
나는 나의 세계를
둥글게 베어 먹는 거대한 입을 바라본 사람

오동나무집

　그때 우리 가족이 낡은 프라이드를 잠시 주차했던 오동
나무집이여 그때 우리 차를 거기 세우지 말라고 으름장 놓
던 얼금뱅이 주차요원과 그때 오동나무 넓은 잎을 열고 달
처럼 환히 인사하던 오동나무집 여자들, 그때 오동나무는
무거운 듯 붉은 등을 주렁주렁 매달고 있었는데 그때 우리
차는 오동나무 굵은 열매를 얻어맞고 차 지붕이 움푹움푹
패었었는데 그때 우리는 포드니 비엠더블유니 하는 기름
진 차들 앞에서 항의 한마디 못하고 쫓겨났는데 그때 왜 우
리는 오동나무집 문턱만 바라보다 돌아섰을까 그깟 갈비가
비싸면 얼마나 비싸다고 일당지기 주차요원 앞에서 왜 엉
덩이 살이 뜯긴 암소처럼 쫓겨나야만 했을까 오늘 문득 닿
은 그곳, 흥성스러움은 껴입은 옷처럼 속절없는가 고래등
같은 집과 그 많은 가솔들 다 벗어버리고 열쩍게 둥근 열매
들 툭툭 던지고 섰는 오동나무여

대구

명절이면 내가 사는 도시에서는
손톱이 하얀 동남아인들이 무리 지어 제 나라 말로 지껄이며
돈도 마음껏 쓰면서 돌아다닌다
이 도시의 외곽에 기계부속품들로 흩어져 살다가
명절이면 텅 빈 도시를 접수한 듯 설치고 다닌다
고국에 보낼 선물도 고르고
영화관도 가고 식당에도 가고 오락실도 간다
밤이면 쌍쌍이 여관도 가고 술집도 간다
이 도시의 명절 매상은 그들이 다 올려준다
일년 내내 조용하던 이 도시가
명절 다음날이면 굵직굵직한 사건으로 유명세를 치르기도 한다
이 도시의 파출소 매상도 그들이 다 올려준다
무엇보다 가장 중요한 건
늙은 도시가 그들로 인해 회춘을 한다는 것
긴 연휴가 끝나고
이 도시로 복귀하는 사람들은 의아해할 것이다

왜 건물들은 어깨를 으쓱거리며 섰는가
왜 도로와 골목들은 굽이치며 뒤척이는가
왜 가로수가
전봇대가
공터가

뒤통수 연가

나는 점점 마주 오는 사람과 눈 마주치지 못하고

괜히 개하고나 눈 마주치다

그 개가 그르릉거리는 소리라도 하면

얼른 시선을 땅바닥으로 내리깐다

나는 점점 마주 오는 사람이나

마주 오는 개보다는 오히려

앞서 걷는 사람의 뒤통수가 이리 편안해지니

나는 이제 안전하고 무고하리라

아침 공원에서 뒤통수들과 안면을 트고

뒤통수들을 품평하고 뒤통수들과 사랑을 한 지 여러달

이제 낯익은 뒤통수라도 만나면

달려가서 뒤통수를 치고 싶어진다

연신 삐딱거리다가 끄떡거리는 것을 보니

그도 나를 알아본 모양

내 뒤통수가 괜히 가렵거나 스멀거린다면

내 것도 누군가를 알아보았단 증거

그때는 조용히 뒤통수의 일은 뒤통수에게 맡긴 채

걸어가면 될 일이다

내 뒤통수는 이제 많은 것들과 실실거릴 것이다
이것이 뒤태를 가진 자들의 살아가는 힘
마음에 드는 뒤통수를 만나면 쫓아가서 알은체를 해보라
우리는 자석처럼 서로를 끌어당겼으니

검색 공화국

도서관 컴퓨터실에
붙박이로 앉은 사람들
젊어서 천천히 찌그러지고 있는 사람이나
늙어 한꺼번에 찌그러진 사람이나
모니터를 뚫어지게 노려보며
웃거나 한숨을 쉬거나 신경질적으로 자판을 두드린다
지독한 모니터와의 사랑이다
제가 궁금하면 검색해보세요
그 남자는 여유있게 말했다
나는 쿠키를 오븐 없이 굽는 방법을 검색하며
쿠키도 프라이팬에 구울 수가 있다는 놀라운 사실을 발
견했다
나는 컴퓨터실이 떠나가게 이 사실을 말해주고 싶었지만
모두들 천기를 누설받는 결연한 표정들이기에 관두기로
했다
나는 계속해서 마른하늘에 비가 내리게 하는 법과
물속에서 물고기랑 오래 대화하는 법을 검색했다
화장실 가는 길에 훔쳐본 옆사람의 모니터에서

깨알 같은 활자들이 기어나오고
화장실 앞에서는 한 남자가 핸드폰으로
아내의 잔소리를 묵묵히 받아내고 있었다
오후 여섯시, 사서들은 길게 늘어진 얼굴로
부은 발목을 주섬주섬 구두 속에 꽂는다
이용객 여러분, 오늘의 검색 놀이는 이만 끝입니다
도서관 퇴장을 알리는 노래가 나오면
의자에 눌러붙은 살을 우두둑 떼어내고 일어서는 사람들
속수무책의 손가락을 덜렁거리며
우울한 침팬지들이 쏟아져나온
오후 여섯시 이후의 거리는
묻지 마 관광버스처럼 털털거리고
도무지 검색이 안되는 너는
모호한 이 저녁은
실로 두렵기까지 하고

부채에 대하여

나는 그때 이 땅의 부채란 부채는 다 알아버렸다
이미 아버지의 파산으로 부채(負債)가 많았던 우리집
동생과 나는 밤마다 바구니를 들고 부채과자 공장으로
달려가곤 했다
필요 이상으로 친절한 늙은 사장은
바구니에 듬뿍 부채과자를 담아주곤 했다
천원으로 부러진 부채과자를 한 바구니 안고 돌아오는 길
달님이 사카린 냄새를 맡고 따라왔다
아부지 우리도 멀쩡한 과자 좀 먹고 싶어요
퍼렇게 김 가루가 날리는 방 안
과자들은 손만 스쳐도 모서리가 부러져나갔다
밤마다 마실 나가는 엄마를 따라 전기도 자주 나갔던 우
리집
깜깜한데도 과자가 입으로 들어가는 게 신기했다
아무도 자기 입 보면서 숟가락질하는 사람은 없다
밤마다 목을 타게 하고 입가를 헐게 하던 그 이름
엄마는 그것 때문에 숨이 멎을 지경이라지만
우리들은 그것으로 밤마다 바구니 앞에 모여 있었으니

그 이름은 우리가 알고 있는 것보다 더 깊숙이
우리 몸속에 뿌리내려 있었던 셈
이놈의 과자 좀 그만 사오라고 그래요
엄마가 손에 든 부채를 활활 부치셨다

당신들이 꽃이에요

땡볕에 오글오글 쪼그리고 앉은 저 여인들
며칠 뒤면 시작되는 꽃 축제로 급하게 투입된 저 꽃들
호미와 모종삽을 든 꽃
저린 다리를 수시로 접었다 폈다 하는 꽃
작업반장의 눈을 피해 찔끔 하품을 하는 꽃
맘속에 수만가지 생각이 들끓는 꽃
하루 삼만원 일당을 받는 꽃
그 일당으로 밀린 공과금 내고 나면 없다는 꽃
아직 다섯시간은 더 쪼그리고 일해야 하는 꽃
누렇게 이가 썩고 입안에 하얀 구혈이 난 꽃
한번도 꽃인 적 없던 꽃들이
알록달록 차양 모자를 받쳐 쓰고
새로 외국에서 들여왔다는 꽃모종을 심고 있다
간들거리는 풀 모가지들을 바삐 땅에다 박아놓고
훌쩍 일어나서 점심 먹으러 가는
배꼽시계만큼은 오지게 울리는 꽃
꽃들의 홀쭉한 위장 속으로
밥덩이가 텅텅 굴러떨어지는 한낮이다

점심 꽃

지난밤 나리 태풍에 코스모스가 무더기무더기로 넘어져
있다
온갖 악다구니 빛깔이 뒤범벅이다

저 난리 속에서도
저 아비규환 속에서도 피는 꽃이 있다
쌈박하게 죽지도 못하고 지지리 못나게 피는 꽃이 있다
그래도 한번은 피고 죽어야 한다고 모질게 피는 꽃이 있다

숨 막히게 피는 꽃
마음에 점을 찍는 점심처럼
제 마음에 점을 찍고 가는 꽃이 있다
제 마음에 피고 가는 가늘디가는 꽃이 있다

민들레

사월이라고
오늘은 노망난 민자네 할매가 바깥에 나와 햇볕을 쪼이
며 앉아 있다
깨끗하게 헹군 스덴 요강과
하얀 고무신 곁에 앉아 짓무른 눈가를 말리고 있다

저 작은 체구가 한번 문짝을 거머쥐었다 하면 저녁때까
지 열리지 않았다
밥과 변을 섞은 야릇한 구린내가 그 집을 잡고 놓아주지
않았다
그 집에 놀러 가면 내내 궁금하던 문 속의 그 동굴
돌멩이를 던지면 메아리로 돌아눕던 신음소리
문밖에 걸린 자물쇠가 염소의 그것처럼 덜렁거리던 그
방이
눈비가 들이쳐도 열릴 것 같지 않던 그 방이
오늘은 봄맞이 대청소 날이라고 활짝 열어젖혀졌다

얼룩진 벽지와 곰팡이와 뒤틀린 신음들이

느닷없이 끌려나와 따닥따닥 말라간다
무시무시한 흡혈귀나 괴물이 살 거라고 믿었던 그 방에서
조그맣고 노오란 민들레 하나 쫓겨나와 햇볕 속에 앉아
있다
하얀 머리털이 올올이 일어서서 떠오르기 직전이다

도장

우리 골목에 다시 그 도장가게가 생겼다
기억하건대 한때에도 그 집은 도장가게였다
그 집은 도장처럼 음각과 양각을 많이 가진 집이었으므로
그 집에서 튀김 냄새가 나거나 로또 횡재가 나서 들썩이
거나
어두운 골방 냄새가 나는 책들이 들고 나는 일은 어울리
지 않았다
나는 그 가게가 먼 곳을 돌아 다시 제자리로 돌아왔다고
믿었다
멀고 험한 전쟁터에서 깊게 자흔을 받고 돌아온 말처럼
그 가게는 한동안 침체기로 뒤척였다

어느날
전직 무사처럼 보이는 주인 사내가 절뚝이며
집 안으로 금빛 은빛의 열쇠들을 들이는 것을 보았다
인터넷 시대에 닉네임이 많아진 사람들은
이름을 걸고 목숨을 거는 도장 대신
바야흐로 아무 곳에나 문을 달아 걸고 여는 열쇠가 필요

해진 것

　금빛 은빛의 열쇠들이 가게의 상석에 걸려 반짝거릴 때나
　금속과 금속이 맞부딪치며 이빨 가는 소리를 낼 때에도
　잘린 손가락 마디 같은 도장들은 진열장 속에서 기다린다
　단말마의 칼자국을 몸속에 찔러넣으며
　누군가의 이름이 아프게 새겨질 그날을

　아직도 그 가게 앞엔
　거대한 빨간 도장이 하나 허공에 걸려 덜렁거린다
　누군가 샌드백처럼 후려쳤는지 옆구리에 구멍이 난 그
도장
　누군가 저 몸에 붉은 칼자국을 새겨주어
　이 땅에 도장을 콱 찍어주었으면
　누군가 내 몸에 푸른 칼자국을 새겨넣어
　다시는 흔들리지 않는 내 맘의 주인이 되게 하여주었으면
　내 맘이 허리께가 오목한 저 붉은 말을 잡아타고
　이랴이랴 달려가는 밤이다

반딧불이

김씨는 온몸이 발광체다
발광하지 않아 어젯밤에도 동료 하나가 달려드는 트럭에
치여 죽었다
발광하지 않으면 이 도시는 그를 웅크린 쓰레기봉투쯤으
로 여길 게 틀림없다

형광 조끼와 형광 빗자루를 배급받는 순간, 그는
이제부터 온몸으로 빛을 끌어내야 한다는 것을 알았다
새벽밥과 풀성귀들, 늦둥이의 재롱과 촉수 낮은 백열등
으로는
밤새 빛을 내기란 어려워서 그는 늘 어둠에 밀리기 일쑤
였다

잇몸처럼 물컹하고
자루처럼 은밀하고
껌처럼 합체되길 잘하는 어둠이 비적떼로 들끓는 이 도
시에서
빨간 성냥 대가리 같은 빛 하나로 버티는 김씨

어느날은 죽은 고양이 등에 들러붙은 어둠에 놀라
산산이 분해될 뻔한 적도 있었다

오늘도 그는 골목이나 갓길에 희미하게 켜져 있다
가로등보다 어두운 그를 향해 촉수 높은 어둠이 나방이
떼처럼 달려든다

죽집

이 골목 끝에는 나 홀로 가야 하는 죽집이 있네
말상의 남자가 편자 박은 신발을 뚜걱거리며 와서 놓는
죽을
뭉툭한 숟가락으로 뒤적이는 건 금물
그 속에는 어떤 결정체도 보이지 않네
당신에게 배당된 붉거나 하얀 액체를 몸속에 다 수혈할
때까지
뒤를 돌아보아선 안되는 것도 이 집의 불문율

이것을 깨고 용감하게 뒤돌아보는 사람은 경악할 것이네
이곳은 등과 등 들의 사교장
타인의 등에서 뻗어나온 기다란 혀가
내 등 뒤로 너울거리는 것을 보고
누가 다시 이 집을 찾을 것인가
그는 이 죽집 대신
쌈밥집이나 24시 투가리 같은 데서 붉은 얼굴들과
덩어리 쌈이나 돼지고기 같은 것을 몸속에 쿵쿵 떨어뜨
릴 것이네

그가 다시 홀로 시장기 어린 이 골목을 서성일 때
이 죽집은 어딘가로부터 날아와서 입구를 활짝 열어놓네
이 죽집은 과거를 묻지 않으므로
홀로인 사람들은 언제든지 대환영이므로

어느날 마주한 벽이 물 묻은 문종이처럼 풀어지고
벽 밖의 풍경들이 다 보이면
당신도 이 죽집의 고수가 되었단 증거
누군가 당신 속에 숟가락을 꽂고 휘저어도
다시 제자리로 돌아가는 법을 아네[*]

주홍빛의 주렴을 걷고 나서면
저녁은 또 누가 휘저어놓은 뻘인가
팥죽 같은 어둠이 천천히 풀어지고 있네

[*]심보선의 시 「식후에 이별하다」 중 '아무리 휘저어도 끝내 제자
리로 돌아오는/이를테면 수저 자국이 서서히 사라지는 흰죽 같
은 것'에서 이미지 빌림.

은단

수은처럼 은밀하게 반짝이던 그것들은 다 어디로 갔을까

내가 울면 아버지는 담뱃진 낀 손바닥을 내미셨다
오목한 손금 안에 단단하게 박혀 있던
은빛의 화한 몸뚱이들

아버지는 TV가 끝나도록 동그랗게 등을 말고 그것을 잡
수셨다
슬픔이건 울분이건 혓바닥 위에 올려놓고 오래오래 녹여
드셨다
그 화한 방 속으로 아버지는 녹아들어가고 있었던 거다
그 동그랗고 조그만 방 속에
꽉 들어찬 새카맣고 단단한 슬픔의 핵
거기에 살짝 혀를 대고 긴긴 겨울을 나고 계셨던 거다

나는 눈이 육각형이란 말을 믿지 않았다
겨울이면 내 스케치북 속에는 언제나 동그란 은단이 내
리고

눈사람들은 모두 화난 아버지 같은 얼굴을 하고 있었다

여자의 적은 여자다

한때 아들의 여자였던 그 여자를
숙모는 아직도 욕을 한다
남편 밥은 차릴 생각도 않고
초콜릿만 달고 산다고
애당초 살림하곤 거리가 먼 계집이라고,

언젠가 그들 부부의 미용실에서 머리를 자를 때
그 여자는 페르시안 고양이처럼 갸르릉거렸지
머리카락이 목구멍에서도 나와요
당신, 그거 너무 지나친 비약 아냐?
사람들이 자기 정수리를 보여주는
이 직업을 당신은 사랑한다고 했잖아
드라이기를 권총처럼 허리에 찬 사촌의 말에도
그 여자는 거기 없는 듯이 웃었다

그 여자가 미장원을 나와 점원으로 있다던
보세 옷가게 앞을 지날 때도
그 여자는 거기 없었다

그 여자가 마네킹 팔을 들어 구겨진 옷을 입힐 때도
빨간 입술에 천원짜리 김밥을 쑤셔넣을 때도
새벽의 거리에서 우연히 만났을 때도
없던 그 여자

어느날 사라진 옷가게 자리에 커피집이 들어서고
그 여자를 닮은 마네킹 대신
우아하게 카푸치노를 든 여배우 그림이 서 있을 때야
나는 비로소 보게 되었다
완벽하게 사라진 뒤에야 보이는 여자를,
나는 비로소 한 여자를 어렴풋이 알 수 있게 되었다

일식 2

누구신가
까마득한 하늘에서
우물 뚜껑을 닫는 자는,

당신은 더이상 우물 속이 궁금하지 않은 자
조용히 우물을 메워버리려는 자

닫히기 직전의 하늘은 정말 희고 아름다워
깎아낸 손톱 조각이야

우리는 웅성거리고
우리는 뭍에 나온 물고기처럼 헐떡거리고

누구신가
까마득한 하늘에서
우물 뚜껑을 다시 여는 자는,

당신은 아직 우물을 포기 못한 자

아직 우물 속이 궁금한 자

엷은 망사 볕에도
젖은 날개 두 쌍을 다 말리고
실잠자리 한마리 날아간다

취업일기

　한전에 근무하는 지인에게 주부검침원 자리를 부탁하려
고 이력서를 들고 간다 그래도 바짝 하면 월 백이십에 공
휴일은 쉬니 그만한 일자리도 없다 싶어 용기를 낸 길, 벌
써 봄이라고 이 땅에 뿌리를 박는 민들레 제비꽃 들, 그 조
그맣고 기대에 찬 얼굴에 대고 조만간 잔디에 밀려나갈 것
이라고 나는 말해줄 수 없다 그에 비하면 밀려날 걱정 없이
남의 뒤란에 걸린 계량기나 들여다보면서 늙는 것도 괜찮
다 싶다가도 그래도 뭔가 좀 억울하고 섭섭해지는 기분에
설운 방게처럼 옆걸음질 치는데 명동성당 앞에는 엊그제
돌아가신 추기경님 추모 행렬이 끝도 없이 늘어서 있다 대
통령 앞에서도 할 말 다했다는 추기경님도 이 땅에서는 임
시직이셨나, 그나저나 취업이 되더라도 일이년은 기다려야
한다는데 그동안은 앳된 얼굴의 저 민들레처럼 저 제비꽃
처럼 내일 따윈 안중에도 없이 팔락거려도 될까

나도 우주를 들러서 이곳으로 왔다

그러므로 당신은 우주의 몇억광년을 달려서 이곳에 왔습니다 옥상에 누워 하늘을 보면 아직도 우주를 캄캄하게 떠도는 것들이 생각납니다 그들은 당신이 지구별에서 불러주기를 손꼽아 기다리며 식혜 밥풀처럼 어둠 속에 동동 떠 있습니다 당신의 비듬과 당신의 옛집이 똑같은 무게로 허공에 떠 있는 이 놀라운 우주의 들어올림, 어릴 때 축사를 뛰쳐나간 돼지와 당신이 끊어 보낸 풍선이 나란히 우주를 떠돌고 있다면 당신은 조금쯤 놀랄까요? 햇강아지니 송홧가루니 민들레 홀씨니 하는 것들이 하나씩 누군가의 부름을 받아 지구별로 흘러들어오는 봄입니다 그 반대편에는 눈사람이니 얼어죽은 너구리니 빙하니 하는 것들이 다시 빠져나가는 겨울이 보여요 당신이 영원히 잊어버린 이름들은 맘이 딱딱해져 별이 된다지요? 별이 반짝이는 순간은 그 별이 누군가를 억세게 부러워한다는 뜻, 어떤 별이 당신의 머리 위를 졸졸 따라다닌다면 그것은 머지않은 날 당신이 누군가에게서 영원히 잊힌다는 징조, 그리고 어느날 딱딱한 당신이라는 별은 완성될 것입니다

아욱꽃이 피었다

골목 귀퉁이에서
눈썹이 하얀 노인이 아욱을 건넨다
집에 와서 보니 꽃이 피었다

늙은이가 꽃 핀 아욱을 팔았다고 욕을 하다가
가만,
노인은 아욱을 판 게 아니라 웬 젊은 여자에게
꽃을 팔았던 게 아닐까

그러니까 노인은 잎이 아닌 꽃을 한아름 주었던 것인데
버려질 것을 알면서도 꽃을 주었던 것인데
버려질 것을 알면서도 마음을 주었던 것인데

오늘 하루종일
수많은 여자들에게
버려지는 꽃을 주었던 것인데
버려지는 마음을 주었던 것인데

그 꽃을 위한 화병 하나
그 마음을 담을 독 하나 없이 나는
국을 끓이기 위해 꽃을 떼어낸다
꽃은 버리고 잎사귀만 끓인다

골목 귀퉁이에
하얗게 센 꽃
아욱꽃이 피었다

국숫집에서

행주산성 밑자락 허름한 국숫집에서
종업원이 합석을 시킨 자리가 하필
베트남인 부녀와 한국인 사위가 앉은 자리다
점심때도 한참 지난 오후 세시경
얼굴에 개기름이 잘잘 흐르는 그 베트남인 부녀나
장인하고도 별반 나이 차가 없어 보이는 한국인 사위나
짝 잃은 노새처럼 산성이나 찾아든 나나
한결같이 기다리는 것은 뜨신 국수 한 그릇

모든 입맛은 시장기에서 만나지는가
하늘에서 두레박이 내려오듯 허연 김을 올린 국수가 왕
림하니
바다처럼 출렁거리는 그 국수물을
들판의 풀처럼 엎드린 그 면발을
몸속에 풀어놓느라
일제히 후루룩거리는 소리

문득 나는 이 쪼그만 베트남인 부녀를 따라

베트남의 어느 작은 골목을 서성거리고
거기서 아오자이를 입은 소녀들의
후드득 웃음 듣는 소리를 들은 듯도 해
모든 언어는 의성어에서 만나진다는 말이 하고 싶어지는
순간
베트남인 부녀가 방귀 터지는 말로 사뿐히 웃는다

아아, 저 말
쪼그라든 한국인 사위까지 일순 활짝 펼치는
저 말은 무슨 뜻이었을까
따라 웃을 길 없어
외따로이 고개 숙인 나는
후루룩, 소리만 일관성 있게 흘릴 뿐

파꽃

누구에게 꺾어줄 수도
머리에 꽂을 수도 없는 꽃
하늘 향해 종주먹질하는 꽃

경주 황남동 냇가 옆 공터 올해도 파꽃은 무더기무더기
피어났어라 사람들은 이끼 낀 기와지붕 아래 깊숙한 묘혈
을 파고 앉아 동자승을 모시거나 기도문을 외우거나 밖에
선 안을 볼 수 없는 문을 통해 골똘히 내다보았네 시푸른 파
밭 사이 낮게 비행하는 잠자리들과 종일 흘레붙던 개들을

동그란 마이크를 매단 파꽃
성게처럼 촉수를 뻗친 파꽃
파꽃은 굵고 튼실하네
파꽃은 쿨럭쿨럭 허공을 굴러가네

파밭 속에서 몇시간째 시시덕거리던 미친 여자를 내쫓으
려고 동굴 속에서 해골 같은 노인 하나 지게막대기를 끌고
나오네

파꽃이 희번덕거리며 도망치네
파꽃이 까르르까르르 허공을 굴러가네

줄 타는 사람

시냇물에 돌을 놓듯 한 발을 놓는 저 사람
그 징검돌들을 밟고 따라올
시동(侍童) 하나 없는 저 사람
시동은커녕 새 한마리 구름 한 조각도 없다는 저 사람
오늘 낸 길이 내일이면 사라지는 저 사람
머리부터 발바닥까지 모든 몸의 기관들이
오로지 걷는 일 하나에 종사하는 저 사람
사랑하는 식구들과도 매일 땅에서 헤어지는 저 사람
허공이 주는 밥으로 식구들을 먹여살리는 저 사람
나와는 다른 공기를 마시고 사는 저 사람
흔들리는 풀잎인 저 사람
빽빽한 허공의 틈새에 용케 끼인 저 사람
오직 한개의 동아줄이 그이의 발바닥 요철을 다 읽어
딱 아귀 맞춘 듯 떨어지지 않는 저 사람
발바닥과 동아줄이 서로를 속속들이 알아본
눈부신 세월의 저 사람

풀
수원이에게

작고 여린 입술이 머리가 아프다고 말한다
벌써 다섯살이라고 제 아픈 것을 다스리려 한다
물도 마시고 밥도 먹고 약도 마다 않고 잘 받아먹는다

다섯살이면
바람에 풀이 흔들리듯
제 몸의 흔들림을 아는 나이
제 몸을 누가 대신해
흔들릴 수 없음을 아는 나이

물로 닦아주고 해열제를 먹이고 보릿물을 마시게 하고
나니
이제 좀 자야겠단다
열에 달뜬 동굴 속을 홀로 걸어가겠단다

이젠 내가 네게 몸을 주었다고 말할 수 없다
자운영 잎이 제 빛깔을 찾아 연녹빛 색깔을 띠어간다

정읍 김동수씨 작은댁 사랑채 이건기(移建記)

자잘한 기와를 얹고
혓바닥을 내밀듯
옹색한 마루를 들인 것은
예사로운 옛집이지마는
이 집은 풀씨가 날아오듯 어디선가 날아온 집이랍니다
집 안에 노류장화(路柳墻花)를 들이지 않는다는
옛말을 거스르고
집 안에 버젓이 버드나무가 휘영청 늘어서 있는데요
그것은 버드나무 곁으로
이 집이 엉겅퀴 꽃씨처럼 날아왔기 때문이랍니다
사람들이 남쪽 어딘가에서 펴온 이 집을
버드나무 곁에 옮기던 그날은 하늘까지 시끌벅적했다는
데요
집 안에 버드나무를 들이지 말라던 마을 어른들도
버드나무 곁에 집을 들인 경우니 구경만 했다는데요
봄가물에 강물이 말라가듯
관심 밖으로 밀려난 이 집에서
버드나무는 이제 나긋나긋한 안주인처럼 굴고

이 집도 어느새 낫낫한 여염집 가장으로 자리 잡았답니다
춘분 지나 버드나무 허리께에 물이 차오르면
이 집의 서까래에도 물기가 돌아
멀리서도 새들이 알고 날아든답니다

방을 닦다

이른 아침 방을 닦네
길게 자루 달린 걸레는 두고
오래된 수건을 적셔 방을 닦네

이처럼 오래 자신을 쓸고 비워낸 자가 또 있을까
이것은 십년 전 이사 때 난 생채기
대체 이 얼룩은 어디서 날아든 거지?

밤새 등이 눕던 자리에
무릎을 꿇고
엎드린 내가 누운 나를 들여다보듯 방을 닦으면
방바닥이 거대한 거울 같네
거울의 구석구석도 이리 자주야 닦진 않지만

이 방을 닦을 땐 무릎을 꿇어야지
갸웃거리는 풀과
간지러운 모래들 대신
묵직한 방구들과

습진 가득 찬 내 등을 얹게 된
이 지구를 닦을 땐 무릎을 꿇어야지

무릎을 꿇고
방을 닦아본 사람은 아네
내리뜬 눈과 구부린 심장 속에도
방이 있다는 것을
그 방들이 홀연 닦이고 있다는 것을

고즈넉한 이 방들 속으로
바람이 흘러와 책장을 넘기네
나비가 사뿐 경대 위에 앉네

관제엽서가 왔네

사흘 전 소인이 찍힌 관제엽서가 왔네
봉투도 걸치지 못한 관제엽서가 왔네

빗물에 번진 이 글자들은
바람도 해도 밤도 다 들여다본 글자늘
사흘간 너무도 많이 읽힌 사연들

통풍이 잘된 글자들 위로
지나가던 비도 한 획을 그어놓았네
누군가의 꼬질한 지문도 다녀갔네

이 엽서는
꼭 내게만 온 게 아닌 듯했네
어딘가로 흘러가는 중인 듯했네

바람 이는 창문턱에 앉아
나도 얼른 읽었네
종이배처럼 놓아주었네

심체(心體)를 찾아 떠도는 마음
여정

해체된 몸과 점멸하는 시

문성해의 이전 시집 『자라』(2005)와 『아주 친근한 소용돌이』(2007)를 읽으면서 가장 많이 떠오른 말이 '점멸'이었다. 점멸에는 두가지 의미가 있다. 하나는 점점 망하여감, 차차 없어져감을 뜻하는 점멸(漸滅)이고, 다른 하나는 등불을 켰다 껐다 함, 등불이 켜졌다 꺼졌다 함을 일컫는 점멸(點滅)이다. 생각해보면, 점멸(漸滅)은 연속적이고 일회적인데 반해 점멸(點滅)은 단절적이고 반복적이다. 전자는 생로병사와 같이 몸에 가깝게 다가오고, 후자는 희로애락과 같이 마음에 더 가깝게 다가온다. '점멸'에 관해 서두에 이렇게 길게 늘어놓는 것은 그의 시가 점멸(漸滅)에 바탕을 두고 점멸(點滅)에 의한 해체와 화합의 방식으로 씌어지는 것 같아서이다.

우선 몸에 관한 그의 시 한편을 옮겨본다.

몸은 쥐어짜봐야
각설탕 하나만큼의 당분과
닭장 하나 칠할 수 있을 정도의 석회질과
장난감 카메라 플래시 한방 터뜨릴 칼륨과
감기약 일회분 정도의 마그네슘
성냥개비 2200개를 만들 수 있을 만큼의 인과
비누 일곱장을 만들 수 있는 지방으로
기껏 이루어져 있다는데
어디서 오는 것일까
캄캄하게 앞산을 가로막는
이 그리움의 질량은

—「몸」 전문,『1998 신춘문예 당선시집』

이 시는 점(點)의 공간에 있는 몸을 멸(滅)의 공간에서 해체하고 있다. 이 해체는 그리움이 어디서 오는 것인지, 그 근원을 알기 위한 것이다. 그리움은 몸이 아니라 마음에서 오는 것이므로 이 해체로 인해 마음은 몸에서 완전히 분리되고, 이때부터 마음은 몸을 찾아 떠돌게 된다. 그를 시인으로 거듭나게 해준 「공터에서 찾다」(『자라』)가 바로 심체(心體), 곧 마음의 몸을 찾는 시이다.

공터는 몸이 멸한 상처의 자리, 곧 마음이 떠도는 곳이다. 그의 마음의 형상인 개가 뼈를 찾고 있다. 뼈는 마음의 몸을 이룰 "단단한 무기질의 희망"이다. "의뭉스런 애인"과 같이 겉과 속이 다르지 않고, "썩은 고깃덩이"처럼 썩지도 않고, "입 발린 언약"처럼 쉽게 변하지도 않고, "욕창이 번진 몸"도 아니며, "페트병"의 "속살"처럼 텅 비지도 않은 그런 단단한 뼈를 그는 찾고 있다. 하지만 "얻기가 그리 쉬운가". 그는 이 "물고 뜯는 시간"을 "단순해지기 위한 노력"이라고 말한다. 이러한 노력은 비록 마음의 몸〔心體〕을 이루지는 못하더라도 시의 몸〔詩體〕을 이루게 된다. 결국 이것은 그의 시 쓰기에 관한 시이다.

『자라』와 『아주 친근한 소용돌이』는 떠도는 마음이 몸을 찾아 해체와 화합을 시도하는 시체(詩體)들로 가득하다. 그의 시는 보통 점(點)의 공간에서 시작한다. 이 첫 점은 현실적이며 사실적인 눈〔目〕의 세계이다. 그의 시를 읽으면 마음이 무겁고 우울하고 쓸쓸해지는 이유가 여기에 있다. 우리의 이야기이기 때문이다. 그리고 그의 마음이 움직이면 멸(滅)의 공간이 펼쳐진다. 이 공간에서 다시 점멸(點滅)이 반복되며 해체와 화합이 이루어진다. 그 해체와 화합의 빈도가 높을 때 그의 시는 동물적으로 느껴지고, 빈도가 낮을 때는 식물적이거나 정물적으로 느껴진다. 여기에 그의 시의 또 한 특징인 환유(換喩)가 생동감을 불어넣는다.

촘촘한 바늘땀의 경계에서 살아온 그 여자
　구멍난 도로를 보면 가방 속의 실과 바늘에 저절로 손
이 가는 그 여자가
　흐린 날이면
　이 도시의 하늘과 호수를 근사하게 이어 붙이는지도
모르겠다
　하루 종일 딱딱한 사무용 의자에 앉아
　안과 밖을 뒤집고
　매듭을 풀었다 매었다 하는 그 여자는
　　　　　　　—「대화수선집」부분,『아주 친근한 소용돌이』

　그가 기괴한 환유의 세계를 만드는 것은 안과 밖을 뒤집
고 위와 아래를 이어 붙여 해체된 몸과는 상관없이 마음
("도로")의 상처("구멍")를 치유하기 위함일 것이다.

　일식(一食), 썩은 사과를 먹는 법

　이번 시집에서는 『자라』와 『아주 친근한 소용돌이』에서
보여준 점멸과 환유에 의한 생동감은 많이 줄어들었다. 마
음이 몸을 찾은 것일까, 마음이 몸을 포기한 것일까? 제목
들만 살펴봐도 오동나무는 집(식당)이 되어 있고, 목련은

보신탕집 간판이 되어 있다. 장미는 전(煎)이 되어 있고 국
화는 차(茶)가 되어 있다. 그러고 보니 음식과 관련된 시가
많다. 점심 꽃, 아욱꽃, 파꽃, 죽집, 국숫집, 술도가, 황매실,
아오리, 밥상…… 만약 이것들로 상을 차린다면 상다리가
휘어질 정도로 진수성찬이 되지 않을까? 이러한 상을 받아
한 식사〔一食〕를 한다면 「일식」과 조금 가까워지지 않을까?

오늘 나는
썩은 사과를 먹는 사람

(…)
벌레를 파내고
벌레만 제외된 모든 세계를 먹는 사람

사과 한알의 별이 우주 속에서 폭발한 오늘
나는 나의 세계를
둥글게 베어 먹는 거대한 입을 바라본 사람
—「일식」 부분

「일식」은 썩은 사과를 보면서 달이 태양을 집어삼키는
일식(日蝕)을 떠올리는 시이다. 썩은 사과를 먹으려 벌레
〔蟲〕를 파내면서 일식(日蝕)을 벌레〔虫〕가 없는 일식(日食)으

로도 쓸 수 있다는 생각을 하고, 그러면서 머릿속이 밥〔食〕 생각으로 가득 찬 나와 나의 세계를 바라보게 된다. 결국 환치에 의해 나는 벌레와 같은 위치에 놓인다.

「여자의 적은 여자다」는 숙모가 욕을 하는 며느리(“그 여자”)에 대한 이야기이다. 그 여자는 먹고살기 위해 의식주에 매달려 있을 때는 보이지 않았지만, 완벽하게 사라진 뒤에야 “우아하게 카푸치노를 든 여배우 그림”을 통해서 “어렴풋이 알 수 있게” 된다. 이렇듯 이번 시집에서는 “마음에 점을 찍”(「점심 꽃」)고 살아가는, 존재삼을 잃어버린 사람들의 이야기가 한 축을 이룬다.

> 호미와 모종삽을 든 꽃
> 저린 다리를 수시로 접었다 폈다 하는 꽃
> 작업반장의 눈을 피해 찔끔 하품을 하는 꽃
> 맘속에 수만가지 생각이 들끓는 꽃
> 하루 삼만원 일당을 받는 꽃
> 그 일당으로 밀린 공과금 내고 나면 없다는 꽃
>
> —「당신들이 꽃이에요」 부분

“한번도 꽃인 적 없던” 이 꽃들은 먹고사는 생각에 마음을 빼앗긴 여인들이다. 이들이 이렇게 일을 하는 이유는 「백주대낮에 여자들이 칼을 들고 설치는 이유」와 같이 “서방과 새끼들을 거두기 때문"일 것이다. 하지만 「여자의 적은 여자다」에서 이미 보았듯이 여자가 의식주에 매달려 숨막히게 살아갈 때는 여자로서의 존재감이 없다. 이 시에서 꽃이라 명명되는 여인들은 몇명인가? 인용구의 수로 보면 여섯명이겠지만, 그것이 행동을 표현한 것이라면 한명이건 두명이건 상관없을 것이다. 이러한 존재감의 함몰은 동음이의의 형태로도 나타난다. 「일식」에서 일식(一食, 日蝕, 日食)으로 인해 나의 존재감은 벌레로 함몰되고, 「부채에 대하여」에서 아버지의 부채(負債)로 인해 어머니에게 부채과자와 부채〔扇子〕는 모두 부채(負債)에 함몰되어 동일시된다.

달과 태양, 시간의 근원법

한 매실에
청매실이 가고
황매실이 와서는

한 몸에
젊은이가 가고
늙은이가 와서는

—「황매실이 있는 풍경」 부분

어두운 생각(달)과 마음(태양)이 한 몸을 이루는 일식(日蝕)은 젊음과 늙음, 과거와 현재, 생과 사에 대한 생각들로 가득하다. 노인과 아이의 두 시간대를 품고 있는「늙은 쌍둥이들」에서처럼 여러 시간대가 얽히고설켜 시간을 뒤섞는다. "처에 해당하는 여자도 첩에 해당하는 여자도 싫지 않은 듯 호호거리는"「치자꽃」의 처첩처럼 "앙숙지간인 처첩 간도 세월 지나면 한편이 된다던가". 짧은 일식(日蝕)은 얽히고설킨 시간들을 서서히 풀어낼 시간이다.

「일식 2」에서는 닫힌 우물 뚜껑(달)을 다시 여는 자에 의해 새 하늘(태양)이 열리는 과정이 그려진다. 여기서는 먼저 시간의 근원법(近遠法)을 알아야 한다.「나도 우주를 들러서 이곳으로 왔다」에서 그가 "우주의 몇억광년을 달려서 이곳에" 온 것이 원근법이라면, 이를 역행하는 방향을 근원법이라 해볼 수 있을 것이다. 그것은 달(현재, 늙음, 황매실, 몸)→별(과거, 젊음, 청매실, 추억)→태양(대과거, 아이, 풋매실, 마음)으로 이어지는 시간(회상)의 길이다. 그 길을 따라가보면「일식」의 거대한 입에 집어삼켜진 "나의 세계"를 만나게 될 것이다. "우주 속에서 폭발한" "사과 한알의 별"도 보게 될 것이다. 나의 세계와 존재감이 가장 분명했던 시간들은 시간의 근원법에 기대어보면 '별'에 있다. "당신이 영원히 잊어버린 이름들"로 "맘이 딱딱해져" 만들어진 그 별은 지금은 폭발하고 없는 별이다. 그는 왜 이런 길을 놓은 것일까. 그에게 이 길은 사라져버린 존재감이 있었던 자리를 찾아가는 길이자 과거를 통해 현재를 소생시키고 회복시키고 환기하는 길일 것이다.

꼬리 없는 개의 꼬리 있던 자리
한쪽 다리 없는 사내의 다리 있던 자리
(…)

꼬리며 팔이며 다리 있던 자리에
빼곡히 그것이 돋아올랐으리라

—「공중」부분

「정읍 김동수씨 작은댁 사랑채 이건기(移建記)」는 1834년 정읍에 지어진 허물어져가는 사랑채를 2000년경에 파주로 이건해서 복원한 사례를 가지고 쓴 시이다. 정읍에서 파주로 이건된 김동수씨 사랑채는 새로운 아이의 몸으로 늙은 역사를 지니게 되었다. 이러한 자리 이동은 성질을 변화시키고 시간의 경계를 허문다. 곧 시간의 근원법은 성질 변화를 위한 자리 이동법이다. 이는 「일식」에서 썩은 사과가 환치에 의해 별("나의 세계")이 됨으로써 내가 벌레의 위치에 놓이는 것과 같다. 그리고 「나도 우주를 들러서 이곳으로 왔다」에서처럼 "당신의 비듬과 당신의 옛집이 똑같은 무게로 허공에 떠 있"을 수 있게도 하고, 「기다리는 무덤」과 「무덤의 그 마음을」에서처럼 사(死)의 세계를 생(生)의 세계로 바꾸어놓기도 한다.

이번 시집에 서로 다른 시간대를 품은 시가 유난히 많은 까닭도 이러한 시간의 근원법을 통해 시간의 경계를 허물어버리기 위함이다. 이것은 이미 지난 시집에서 예고된 바가 있다.

거창한 울음으로 시작한 결말은 늘 이렇게 조용하고 서늘하다
여자는 그 울음과 이 고요를 언젠가는 기워보리라 생각한다

—「대화수선집」 부분

그는 여전히 공터를 찾고, 공원을 돌고, 허공을 바라보며, 해체와 화합을 반복하고 경계를 무너뜨리며 시를 쓰고 있을 것이다. 때론 "시 한 줄 쓰려고" 일상과 가시(可視)의 공간을 잠시 밀어내고 "어느 먼 산 중턱에서 홀로 흔들리고 있을/ 각시투구꽃의 밤을 생각"하며 지금도 "기어코 한 방울의 맹독을 완성하고 있을"(「각시투구꽃을 생각함」)지도 모른다.

여정 | 시인

밥벌이를 위해 하루 여섯시간을 지하철을 타고 다녔다
가도 가도 모르는 사람들 속에서
내가 아는 유일한 사람이 나라는 게 신기했다
누군가의 정강이뼈는 따스했고 누군가의 그것은
연장처럼 차가웠다
눈 뜬 잠 위로 한강이 흘러갔고 두어 차례의 태풍과
흐느낌이 지나갔다 나는 지하에서 무고했다
세시간을 달려 땅 위로 올라서면 눈이 두더지처럼 침침
했다
이곳에서 태어난 몇편의 시를
내 곁에 머물렀던 따스한 정강이뼈들에게 바친다

2012년 초가을 3호선 지하철 안에서

문성해

창비시선 351

입술을 건너간 이름

초판 1쇄 발행 / 2012년 9월 25일
초판 4쇄 발행 / 2024년 6월 3일

지은이 / 문성해
펴낸이 / 염종선
책임편집 / 이하나
펴낸곳 / (주)창비
등록 / 1986년 8월 5일 제85호
주소 / 10881 경기도 파주시 회동길 184
전화 / 031-955-3333
팩시밀리 / 영업 031-955-3399 편집 031-955-3400
홈페이지 / www.changbi.com
전자우편 / lit@changbi.com

ⓒ 문성해 2012
ISBN 978-89-364-2351-3 03810

* 이 책은 한국문화예술위원회의 2008년도 문예진흥기금을 받았습니다.
* 이 책 내용의 전부 또는 일부를 재사용하려면
  반드시 저작권자와 창비 양측의 동의를 받아야 합니다.
* 책값은 뒤표지에 표시되어 있습니다.